Vif comme un grillon

Texte de Audrey Wood

Illustrations de Don Wood

Published by Child's Play (International) Ltd

Swindon	Auburn ME	Sydney
© M. Twinn	ISBN 0-85953-467-7	Printed in China
This impression 2002		www.childs-play.com

Je suis vif comme un grillon

Je suis lent comme un escargot

Je suis petit comme une fourmi

Je suis gros comme une baleine

Je suis triste comme un basset

Je suis gai comme un pinson

Je suis gentil comme un lapin

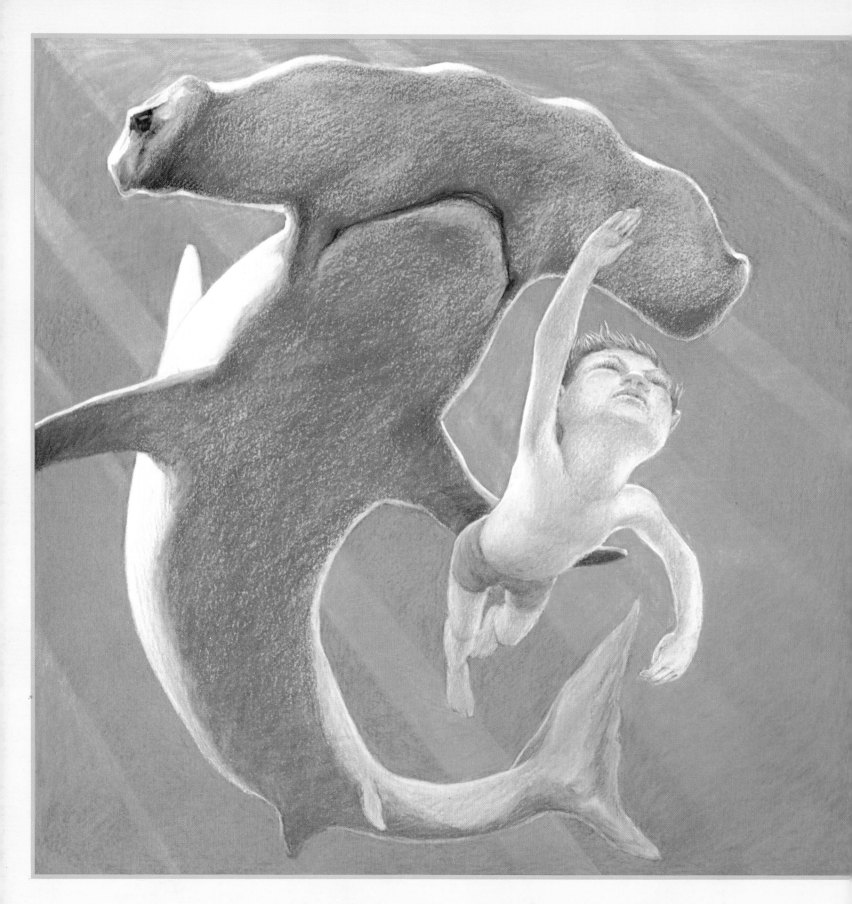

Je suis méchant comme un requin

Je suis indifférent comme un crapaud

Je suis rusé comme un renard

Je suis faible comme un chaton

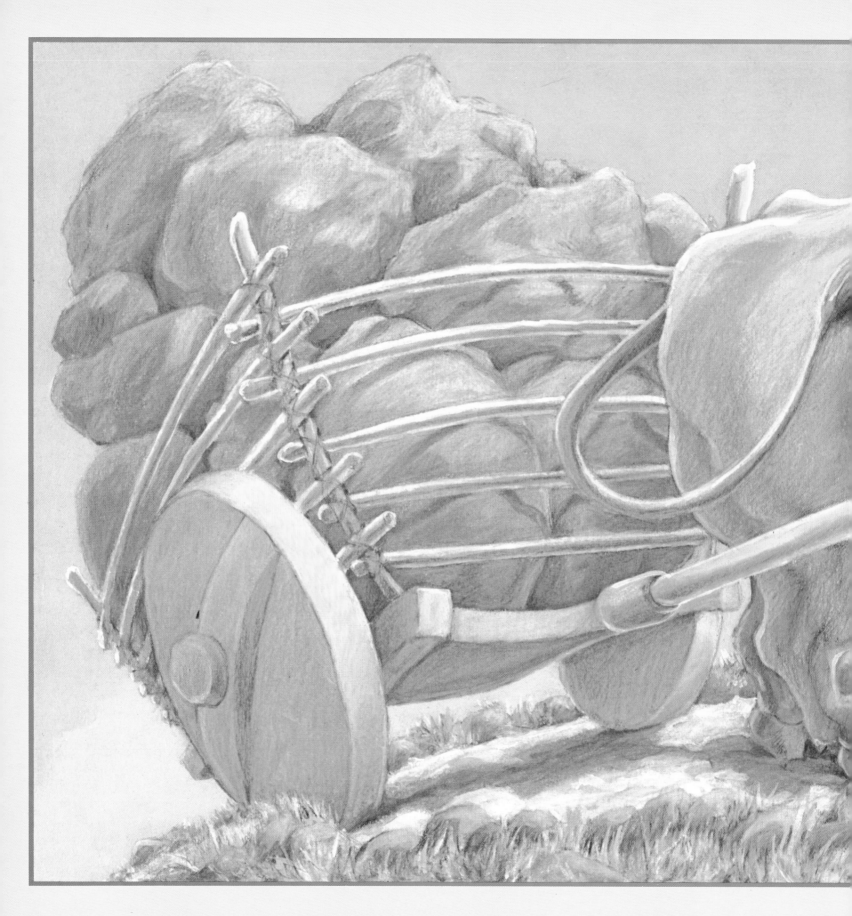

Je suis fort comme un boeuf

Je suis bruyant comme un lion

Je suis silencieux comme un mollusque

Je suis coriace comme un rhinocéros

Je suis doux comme un agneau

Je suis courageux comme un tigre

Je suis timide comme une crevette

Je suis docile comme un caniche

Je suis sauvage comme un chimpanzé

Je suis paresseux comme un lézard

Je suis actif comme une abeille.

Et tout cela, en somme...